단추를 채우면서

국립중앙도서관 출판시도서목록(CIP)

단추를 채우면서 / 지은이: 천양희. -- 양평군 : 시인생각, 2013
 p. ; cm. -- (한국대표명시선 100)

"천양희 연보" 수록
만해사상실천선양회의 지원으로 간행되었음
ISBN 978-89-98047-97-9 03810 : ₩6000

한국 현대시[韓國 現代詩]

811.7-KDC5
895.715-DDC21   CIP2013013085

한 국 대 표
명   시   선
1　　0　　0

천 양 희

단추를 채우면서

시인생각

  아무 생각 없는 듯 쓴 시와 아무 생각 없이 쓴 시는 그 차이가 엄청나다는 것을 시들을 다시 들추면서 새삼 깨달았다.
  그래서일까.
  세상에서 가장 먼 길이 머리에서 가슴까지 가는 길이라면 그게 바로 시의 길이지 싶고 어떤 것을 처음 발견하는 설렘이 시인의 길이지 싶다. 시의 힘은 새로운 발견이며 시인에게는 새로움만이 원천이기 때문이다. 꾸준히 새로워야 한다는 점에서 시세계는 계속해서 진화해야 한다.
  막다른 길에 막히거나 길 위에서 길을 잃을 때마다 나는 시에서 위안을 찾고 어려움을 극복했다. 그래서 나는 시의 자연 치유를 믿는다. 아무래도 시에는 위기극복의 유전자가 있는 것 같다.

고독이 두려워서 고독을 탐구하듯이 시가 두려워서 자꾸 시를 쓰는지도 모르겠다. 어떤 것을 쓴다는 것은 그것을 산다는 것이다. 그 삶을 생각할 때마다 수면을 내리치는 바실리스크 도마뱀의 뒷발을 생각한다. 그 도마뱀은 뒷발의 강력한 힘으로 물 위를 걸어간다고 한다. 물 위를 걷는 것은 아주 빠른 순간의 포착이다. 그 순간의 포착 그것이 곧 시의 순간포착과 크게 다르지 않다. 수면을 내리치는 도마뱀 뒷발의 강력한 힘이 시 쓰기에도 필요하다는 생각이다. 그것이 나에게는 또 다른 몰입이기 때문이다.

시는 내 자작自作나무이며 내 전집全集이다.

2013년 여름
천 양 희

■ 차 례 ─────────── 단추를 채우면서

시인의 말

2

1

단추를 채우면서

단추를 채워보니 알겠다
세상이 잘 채워지지 않는다는 걸
단추를 채우는 일이
단추만의 일이 아니라는 걸
단추를 채워보니 알겠다
잘못 채운 첫 단추, 첫 연애 첫 결혼 첫 실패
누구에겐가 잘못하고
절하는 밤
잘못 채운 단추가
잘못을 깨운다
그래, 그래 산다는 건
옷에 매달린 단추의 구멍 찾기 같은 것이야
단추를 채워보니 알겠다
단추도 잘못 채워지기 쉽다는 걸
옷 한 벌 입기도 힘들다는 걸

직소포에 들다

폭포소리가 산을 깨운다. 산꿩이 놀라 뛰어오르고 솔방울이 툭, 떨어진다. 다람쥐가 꼬리를 쳐드는데 오솔길이 몰래 환해진다.

와! 귀에 익은 명창의 판소리 완창이로구나.

관음산 정상이 바로 눈앞인데
이곳이 정상이란 생각이 든다
피안이 이렇게 가깝다
백색 정토淨土! 나는 늘 꿈꾸어왔다

무소유로 날아간 무소새들
직소포의 하얀 물방울들, 환한 수궁水宮을.

폭포소리가 계곡을 일으킨다. 천둥소리 같은 우레 같은 기립박수소리 같은 —바위들이 몰래 흔들한다

하늘이 바로 눈앞인데
이곳이 무한천공이란 생각이 든다
여기 와서 보니

피안이 이렇게 좋다

나는 다시 배운다

절창絶唱의 한 대목, 그의 완창을.

마음의 수수밭

　마음이 또 수수밭을 지난다. 머위 잎 몇 장 더 얹어 뒤란
으로 간다. 저녁만큼 저문 것이 여기 또 있다.
　개밥바라기별이
　내 눈보다 먼저 땅을 들여다본다
　세상을 내려놓고는 길 한쪽도 볼 수 없다
　논둑길 너머 길 끝에는 보리밭이 있고
　보릿고개를 넘은 세월이 있다
　바람은 자꾸 등짝을 때리고, 절골의
　그림자는 암처럼 깊다. 나는
　몇 번 머리를 흔들고 산 속의 산,
　산 위의 산을 본다. 산은 올려다보아야
　한다는 걸 이제야 알았다. 저기 저
　하늘의 자리는 싱싱하게 푸르다.
　푸른 것들이 어깨를 툭 친다. 올라가라고
　그래야 한다고. 나를 부추기는 솔바람 속에서
　내 막막함도 올라간다. 번쩍 제정신이 든다
　정신이 들 때마다 우짖는 내 속의 목탁새들
　나를 깨운다. 이 세상에 없는 길을
　만들 수가 없다. 산 옆구리를 끼고

16

절벽을 오르니, 천불산千佛山이
몸속에 들어와 앉는다.
내 맘속 수수밭이 환해진다.

물에게 길을 묻다
— 수초들

가장 좋은 것은 물과 같다고 누가 말했었지요
그래서 나는 물속에서 살기로 했지요
날마다 물속에서 물만 먹고 살았지요
물 먹고 사는 일이 쉽지는 않았지요
물보라는 길게 물을 뿜어 올리고
물결은 출렁대며 소용돌이쳤지요
누가 돌을 던지기라도 하면
파문은 나에게까지 번졌지요
물소리 바뀌고 물살은 또 솟구쳤지요
그때 나는 웅덩이 속 송사리 떼를 생각했지요
연어 떼들을 떠올리기도 했지요
그러다 문득 물가의 잡초들을 힐끗 보았지요
눈비에 젖고 바람에 떨고 있었지요
누구의 생도 물 같지는 않았지요
세상에서 가장 어려운 건 물같이 사는 것이었지요
그때서야 어려운 것이 좋을 수도 있다는 걸 겨우 알았지요
물 먹고 산다는 것은 물같이 산다는 것과 달랐지요
물 먹고 살수록 삶은 더 파도쳤지요
오늘도 나는 물속에서 자맥질하지요
물같이 흐르고 싶어, 흘러가고 싶어

몽산포

마음이 늦게 포구에 가닿는다
언제 내 몸속에 들어와 흔들리는 해송들
바다에 웬 몽산夢山이 있냐고 중얼거린다
내가 그 근처에 머물 때는
세상을 가리켜 푸르다 하였으나
기억은 왜 기억만큼 믿을 것이 없게 하고
꿈은 또 왜 꿈으로만 끝나는가
여기까지 와서 나는 다시 몽롱해진다
생각은 때로 해변의 구석까지 붙잡기도 하고
하류로 가는 길 지우기도 하지만
살아 있어, 깊은 물소리 듣지 못한다면
어떤 생生이 파도를 밀어가겠는가
헐렁해진 해안선이 나를 당긴다
두근거리며 나는 수평선 쪽으로 발길을 돌린다
부풀었던 돛들, 붉은 게들 밀물처럼 빠져나가고
이제 몽산은 없다 없으므로
갯벌조차 천천히 발자국을 거둔다

아침마다 거울을

아침마다 거울을 본다
거울 속의 나를 본다
거울이 물속 같다
물속에 내가 빠져 있다. 물 먹고 있다

잡을 것이 없는 물속에서
나는 허우적거린다.
아무도 물속에 있는
내 속을 모른다. 몰라준다
내 심장의 고랑
내 늑골 밑의 습지
내 머릿속 웅덩이 그리고 나의 무덤

나에게는 다시 써야 할 생이 있다
세상이 잘못 읽은 나의 생
수몰된 생
암매장된 생

누가 읽기도 전에 나를 써버렸다

그들에게 도난당한 장편의 문장들
그 때문에 틀린 생의 제목들
내 생, 너무 오래 생매장되었다

아침마다 거울을 본다
거울 속의 나를 본다
나는 곧 재조명될 것이다. 밝혀질 것이다
거울같이 환하게.

들

올라갈 길이 없고
내려갈 길도 없는 들

그래서
넓이를 가지는 들

가진 것이 그것밖에 없어
더 넓은 들

어제

내가 좋아하는 여울을
나보다 더 좋아하는 왜가리에게 넘겨주고
내가 좋아하는 바람을
나보다 더 좋아하는 바람새에게 넘겨주고

나는 무엇인가
놓고 온 것이 있는 것만 같아
자꾸 손바닥을 들여다본다.

너가 좋아하는 노을을
너보다 더 좋아하는 구름에게 넘겨주고
너가 좋아하는 들판을
너보다 더 좋아하는 바람에게 넘겨주고

너는 어디엔가
두고 온 것이 있는 것만 같아
자꾸 뒤를 돌아다본다

어디쯤에서 우린 돌아오지 않으려나 보다

새가 있던 자리

잎인 줄 알았는데 새네
저런 곳에도 앉을 수 있다니
새는 가벼우니까
바람 속에 쉴 수 있으니까
오늘은 눈 뜨고 있어도 하루가 어두워
새가 있는 쪽에 또 눈이 간다
프리다 칼로의 「부서진 기둥」을 보고 있을 때
내 뼈가 자꾸 부서진다
새들은 몇 번이나 바닥을 쳐야
하늘에다 발을 옮기는 것일까
비상은 언제나 바닥에서 태어난다
나도 그런 적 있다
작은 것 탐하다 큰 것을 잃었다
한 수 앞이 아니라
한 치 앞을 못 보았다
얼마를 더 많이 걸어야 인간이 되나*
아직 덜 되어서
언젠가는 더 되려는 것
미완이나 미로 같은 것
노력하는 동안 우리 모두 방황한다

나는 다시 배운다
미로 없는 길 없고 미완 없는 완성도 없다
없으므로 오늘은 눈 뜨고 있어도 하루가 어두워
새가 있는 쪽에 또 눈이 간다

*) 밥 딜런의 노래에서.

오래된 나무

소나무들이
성자처럼 서 있다
어떤 것들은
생각하는 것같이
턱을 괴고 있다

몸속에 숨긴
얼음 세포들

나무는 대체로 정신적이다
고고高高하고 고고固固한 것 아버지가 저랬을 것이다

오래된 나무는 모두 무우수無憂樹 같다

아버지 가고
나는 벌써
귀가 순해졌다

바람 몰아쳐도
크게 흔들리지 않겠다

2

진실로 좋다

노을에 물든 서쪽을 보다 든다는 말에
대해 생각해 본다 요즘 들어 든다는 말이
진실로 좋다 진실한 사람이 좋은 것처럼
좋다 눈으로 든다는 말보다 마음으로
든다는 말이 좋고 단풍 든다는 말이
시퍼런 진실이란 말이 좋은 것처럼
좋다 노을에 물든 것처럼 좋다

오래된 나무를 보다 진실이란 말에
대해 생각해 본다 요즘 들어 진실이란
말이 진실로 좋다 정이 든다는 말이 좋은
것처럼 좋다 진실을 안다는 말보다 진실하게
산다는 말이 좋고 절망해봐야 진실한 삶을
안다는 말이 산에 든다는 말이 좋은 것처럼
좋다 나무그늘에 든 것처럼 좋다

나는 세상에 든 것이 좋아
진실을 무릎 위에 길게 뉘었다

불멸의 명작

누가
바다에 대해 말하라면
나는 바닥부터 말하겠네
바닥치고 올라간 물길 수직으로 치솟을 때
모래밭에 모로 누워
하늘에 밑줄 친 수평선을 보겠네
수평선을 보다
재미도 의미도 없이 산 사람 하나
소리쳐 부르겠네
부르다 지치면 나는
물결처럼 기우뚱하겠네

누가 또
바다에 대해 다시 말하라면
나는 대책 없이
파도는 내 전율이라고 쓰고 말겠네
누구도 받아 쓸 수 없는 대하소설 같은 것
정말로 나는

저 활짝 펼친 눈부신 책에

견줄 만한 걸작을 본 적 없노라고 쓰고야 말겠네
왔다갔다하는 게 인생이라고
물살은 거품 물고 철썩이겠지만
철석같이 믿을 수 있는 건 바다뿐이라고
해안선은 슬며시 일러주겠지만
마침내 나는
밀려오는 감동에 빠지고 말겠네

바다시인의 고백

그곳에서 이곳까지 바다를 업고 왔다고 그가
말한다 파도처럼 철썩철썩 세상의 귀싸대기
때리며 말한다 끼룩끼룩 말한다 해풍 벗고
온몸으로 힘쓰는 시를 썼으면 좋겠다고 그가 말한다

뻐끔뻐끔 아가미를 벌리듯 물고기처럼 그가
말한다 방파제처럼 단단해진 어둠 속에서
잘 때도 눈 뜨고 자는 물고기 눈을 낚아챌
것이라고 말한다 해안을 쓰면서 반대편을
써보려고 수평선을 쫘악 갈라놓을 것이라 그가 말한다

대개 절창이란 자신을 절단 낸 뒤에야 오는
것이라고 물결 튀기며 그는 말한다 영감의 순간과
불면의 밤이 같은 세계의 겉과 속이라고 말한다 그를
미치게 하는 건 절벽의 확실성이 아니라 반복되는
파도에 대한 회의라고 그는 말한다

절벽을 바라보며 절망 때문에 울었다고 그가
말한다 울음이 한 사람의 언어라면 침묵도
한 사람의 언어라고 말한다 시퍼런 진실은
울음과 침묵 사이에 있을 것이라고 그가 말한다

그에게 시詩는 짐이 아니라 힘이라고 힘주어
말한다 소외와 고독은 자청한 그의 이력이라고
말한다 모든 작품은 자서전이자 반성문이라고 그가
말한다 생각해 보니 그의 고백이 바로 바닷속에 든
칼날 같은 시다

다행이라는 말

　환승역 계단에서 그녀를 보았다 팔다리가 뒤틀려 온전한
곳이 한 군데도 없어 보이는 그녀와 등에 업힌 아기 그 앞
을 지날 때 나는 눈을 감아버렸다 돈을 건넨 적도 없다 나
의 섣부른 동정에 내가 머뭇거려 얼른 그곳을 벗어났다 그
래서 더 그녀와 아기가 맘에 걸렸고 어떻게 살아가는지 궁
금했는데 어느 늦은 밤 그곳을 지나다 또 그녀를 보았다 놀
라운 일이 눈앞에 펼쳐졌다 나는 내 눈을 의심했다 그녀가
바닥에서 먼지를 툭툭 털며 천천히 일어났다 아무 일도 없
었다는 듯이 흔들리지도 않았다 자, 집에 가자 등에 업힌 아
기에게 백년을 참다 터진 말처럼 입을 열었다 가슴에 얹혀
있던 돌덩이 하나가 쿵, 내려앉았다 놀라워라! 배신감보다
다행이라는 생각이 먼저 들었다 어떻게 그럴 수 있느냐 비
난하고 싶지 않았다 멀쩡한 그녀에게 다가가 처음으로 두부
사세요 내 마음을 건넸다 그녀가 자신의 주머니에 내 마음
을 받아 넣었다 그녀는 집으로 돌아가 따뜻한 밥을 짓고 국
을 끓여 아기에게 먹일 것이다 멀어지는 그녀를 바라보며
생각했다 다행이다 정말 다행이다 뼛속까지 서늘하게 하는
말, 다행이다

허난설헌을 읽는 밤

"나에게는 세 가지 한이 있으니
여자로 태어난 것과 조선에서 태어난 것
하필이면 김성립의 아내가 된 것이니……"

여자로 태어난 것이
세상이 오그라드는 한이라 하심에
여자로 태어난 나도 오그라들고
조선에서 태어난 것이
스스로 어찌할 수 없는 회의라 하심에
조선의 후예로 태어난 나도 어찌할 수 없고
김성립의 아내가 된 것이
심장을 토해 내는 일이라 하심에
누구의 아내가 되었던
내 심장도 함께 토해낼 듯하여

하룻밤 사이에도 겨울이 오고
소나비 같은 슬픔이 쳐들어와선
이 땅에 여자로 태어나
누구의 아내로 사는 누구라도
허난설헌을 읽는 밤
너무 늦게 마르는 눈물 자국이여

바다 보아라

자식들에게 바치느라
생의 받침도 놓쳐버린
어머니 밤늦도록
편지 한 장 쓰신다
'바다 보아라'
받아보다가 바라보다가

바닥 없는 바다이신
받침 없는 바다이신

어머니 고개를 숙이고 밤늦도록
편지 한 장 보내신다
'바다 보아라'
정말 바다가 보고 싶다

새는 너를 눈뜨게 하고

이른 새벽
도도새가 울고 바람에 가지들이 휘어진다
새가 울었을 뿐인데 숲이 다 흔들 한다
알을 깨고 한 세계가 터지려나 보다
너는 알지 몰라
태어나려는 자는 무엇을 펼쳐서 한 세계를 받는다는 것
두근거리는 두려움이 너의 세계라는 것
생각해야 되겠지
일과 일에 거침이 없다면 모퉁이도 없겠지
이 세상에서 가장 어려운 건 사는 일이라고
저 나무들도 잎잎이 나부낀다
어제는 내가 나무의 말을 들었지
사람은 나뭇잎과도 같은 것
잎새 한자리도 안 잊어버리려고
감미로운 숲의 무관심을 향하여 새들은 우는 거지
알겠지 지금
무엇이 너를 눈뜨게 하고
지금 무슨 일이 일어나는지

기차를 기다리며

기차를 기다려보니 알겠다
기다린다는 것이 얼마나 긴 길인지
얼마나 서러운 평생의 평행선인지
기차를 기다려보니 알겠다
기차역은 또 얼마나 긴 기차를 밀었는지
철길은 저렇게 기차를 견디느라 말이 없고
기차는 또 누구의 생에 시동을 걸었는지 덜컹거린다
기차를 기다려보니 알겠다
기차를 기다리는 일이
기차만의 일이 아니라는 걸
돌이킬 수 없는 시간이며 쏘아버린 화살이며 내뱉은 말이
지나간 기차처럼 지나가 버린다
기차는 영원한 디아스포라, 정처가 없다
기차를 기다려보니 알겠다
세상에는 얼마나 많은 기차역이 있는지
얼마나 많은 기차역을 지나간 기차인지
얼마나 많은 기차를 지나친 나였는지
한 번도 내 것인 적 없는 것들이여
내가 다 지나갈 때까지
지나간 기차가 나를 깨운다

기차를 기다리는 건
수없이 기차역을 뒤에 둔다는 것
한순간에 기적처럼 백년을 살아버리는 것
기차를 기다려보니 알겠다
기차도 기차역을 지나치기 쉽다는 걸
기차역에 머물기도 쉽지 않다는 걸

고독한 사냥꾼

남자국男子國이라는 나라에 사냥꾼 마을이 있었는데 그 마을에 여자는 없고 남자만 있었다구나 사냥만 하고 살았는데 총소리를 허공에 묻고 마을이 울 때 그때가 사냥철이었다는구나 사냥철이 되면 사냥꾼의 기세가 하늘까지 뻗었는데 그땐 온 마을이 텅 비었다는구나 그런데 그 텅 빈 마을에 사냥도 나가지 않고 총만 매만지는 한 사냥꾼이 있었는데 사냥철에 사냥도 하지 않는 게 무슨 사냥꾼이냐고 하면 언젠가 때가 오면 꼭 잡아야 할 짐승이 있다고 했다는구나 그때가 제 사냥철이라고 했는데 어느 날 드디어 그때가 왔다는구나 그 사냥꾼은 아무도 모르게 넓은 평원으로 나가 오래오래 지평선을 바라보았는데 몰래 뒤를 밟은 사냥꾼들은 숨을 죽였다는구나 그 사냥꾼이 마침내 그래, 마침내 탕! 무엇인가를 향해 한 방 쏘았는데 그랬는데 그 사냥꾼이 죽을힘을 다해 쏜 것은 '적막'이었다는구나 적막이라는 무서운 짐승!

입

황닷거미는 입에다 제 알집을 물고 다닌다는데
시크리드 물고기는 입에다 제 새끼를 미소처럼 머금고
있다는데
나는 입으로 온갖 업을 저지르네

말이 망치가 되어 뒤통수를 칠 때
무심한 한마디 말이 입에서 튀어나올 때
입은 얼마나 무서운 구멍인가

흰띠거품벌레는 입에다 울음을 삼킨다는데
황새는 입에 울대가 없어 울지도 못한다는데
나는 입으로 온갖 비명을 내지르네

입이 철문이 되어 침묵할 때
나도 모르는 것을 나도 모르게 고백할 때
입은 얼마나 끔찍한 소용돌이인가

때로 말이 화근이라는 걸 일러주는 입
입에다 말을 새끼처럼 머금고 싶네
말없이 말도 없이

3

새에 대한 생각

새장의 새를 보면
집 속의 여자가 보인다
날개는 퇴화되고 부리만 뾰죽하다
사는 게 이게 아닌데
몰래 중얼거린다
도대체 하늘이 어디까지 갔기에
가도 가도 따라갈 수 없다 하는지
참을 수 없이 가볍게 날고 싶지만
삶이 덜컥, 새장을 열어젖히는 것 같아
솔직히 겁이 난다
시작이란 그래, 결코 쉬운 일이 아닐 테지

새 중에서 제일 작은 벌새들도
이름 없는 잡새들도
하늘 속으로 몸을 들이미는데
귀싸대기 새파란 참, 새가
아, 안된다, 바람 속에 날개를 털어야 한다

일어나 멀리 날 때 너는 너인 것이다
기어코 너 자신이 되는 것
그것이 너인 것이다.

나의 처소

말굽소리 사라지고 남은 들길을 옮겨가고 있다
고삐도 없이 안장도 없이
세월 위에 무엇을 얹으려는 듯
오래된 나를 비켜간 풍경들 지우고
말 없는 들에 손을 얹어본다
그까짓 잡풀 같은 거 들풀 같은 거
확 잡아채 멀리 던진다
들판이 아니었으면 바람의 내력을 풀지 못했으리
바람이 내게 풍물風物 하나를 가르치고 갔다
눈앞에 수락야산 동쪽 벼랑, 어디가
조금 팽팽해진 것도 같다
마들은 도무지 정상을 모른다
모서리도 벼랑도 없는 들길에 서서
제 키를 그늘로 낮춘 나무를 본다
저 나무는
평생 누워있던 들이 지루함을 견디다 못해
벌떡 일어선 게 아닐까
일어서서 중심을 고집한 게 아닐까
생각해 보니 수직이 없는 들에는 그늘이 빠져 있다
말의 발자국 거기서 끊겨 있다

끊어진 것은 끊어질 수밖에 없는 것이다
나는 들 가운데 우두커니 서 있다
오늘은 내가 번개라도
돌을 쪼개듯 들을 쪼갤 수는 없다
그러니 들이여, 내가 원한 것은
호곡장好哭場인 나의 처소

그자는 시인이다

그는 일생을 쓰면서 탕진했다 탕진도 힘이었다
그 힘으로 피의 문장을 썼다

불꽃 삼키고도 매운 연기 내는
굴뚝의 문장
시뻘건 꽃 피우다 모가지째 툭, 떨어지는
동백의 문장
모천회귀하려다 불귀의 객이 되는
연어의 문장

문장을 들고
두려움과 슬픔을 이기기 위해
쓰고 쓰고 또 쓰는 지독한 짓
문장이란 낭비의 극점에서 완성되는가
말은 뿔처럼 단단해지고
불안은 소리처럼 멀리 퍼진다

뒤져보면 두려움이 슬픔보다 더 두꺼웠다

슬픔은 말하자면 비자금 같은 것인데

슬픔을 저축해둘 걸 그랬어 아이들 듣는데
그런 소리 마라 아이가 자라면 죄도 자라는 것이니
피붙이란 본질적으로 슬픈 것이지

도대체 이놈의 문장은 구속을 담배에 불붙이듯 한다
담배에 불붙이며 중얼거린다

죄를 병처럼 끙끙 앓는 그의 몸은 세찬 바람이다
바람소리에는 운명이 들어 있다 아니 미래의 미지가
들어 있다

어떻든 간에 그자는 시인이다

산행山行

덕성여대 앞 카페 늪을 지나
8번 종점 느티나무 아래서 잠시 쉬다
불이사不二寺 쪽으로 길을 꺾는다
지나온 길이 비뚤비뚤
발가락 어디가 아픈 것도 같다
미로는 처음부터 미로였다
길 찾기를 멈추기 전에는
모든 것이 숲처럼 무성하리라 믿었다
배낭을 짊어진 채
나무 뒤에 나무처럼 붙어서니
잡목숲 엉클어진 내력을 알 것도 같다
대낮에도 캄캄한 산숲에 덮여
능선이 찢어져라 널 부르면
어둠도 아름다운 품속이었다
나뭇가지 위로 나그네새 빠르게 스쳐가고
종소리가 흩어지고……
루비스의 소설 「자카르타의 황혼」을 읽고 있을 때
저 눈물꽃! 수유리가 황혼에 젖는다

언덕길 너무 가파르다. 내 인생도 가파르게 넘었지만, 본
가本家까지 본질까지 다 버리고 월세월세 하면서 도시에서
세월 보낸 친구.

그도 헐떡이며 저 길을 올랐으리라

몸 따로 마음은 자꾸 내려가고

물소리도 따라 내려간다

절은 절대로 길에선 보이지 않는구나

언제나 길의 끝에 가서야 있구나

불이문不二門 밀고 들어서니

대웅전은 목하 보수 중이라

헐은 내 마음은 수고로워 몇 년째

보수할 길이 없다

불쌍한 몸이 배가 고픈지, 만년과萬年菓를 그리는지, 우울
증에 빠진 듯

흐르고 싶은 마음이 우물에 빠진 듯

빠져나오지 않는다

오. 우울과 우물의 깊음이여

절하지 못한 우울이

우물만큼 깊었던가 아니던가

저마다의 슬픔으로 절문이 젖고

경전經典이 젖고 끝내 할 말조차 젖어
용맹정진勇猛精進 들어간 국민학교 내 친구
일우스님 선방을 기웃거릴 때
불두화 하얗게 웃으며 반기면
이상 더 숨을 수 없어서
나는, 마른 나무 밑에 쌓인다
썩은 잎들이 거름 되는 것을 눈여겨보며,
일생을 보기 전엔
거뭇거뭇 남은 누구의 흉터인지…… 죄다 버리고
살 터를 찾아 산 속
저 적요 속으로, 반야 속으로 딸려가
아마 나는 피안거리를 걸었을 것이다

산 끝에 가서야
나는 몇 번이나 아제아제 불러본다.

어떤 하루

건설 중인 빌딩 꼭대기에
둥지를 튼 송골매 두 마리가 새끼를 낳아
다른 곳으로 날아갈 때까지
공사를 중단했다는 이야기가 몇 년 전
오스트레일리아 멜버른에서 들려와
나를 감동시키더니
우리는 언제 저렇게 아름답게
살 수 있을까 궁금해지더니
며칠 전 신문을 보고
일어날 수 없는 일이 일어난 것처럼
놀랐느니
아파트 공사장에
까치 한 마리가 새끼를 낳아
다른 곳으로 날아갈 때까지
공사를 중단했다는 이야기가
멜버른이 아닌 우리나라 서울에서 들려와
나를 감동시키느니
이것이 사랑하며 얻는 길이거니
득도의 길이거니
아름다움과 자비는 어디에서나 자랄 수 있는 것

나, 오늘 무우전無憂殿에 들고 말았네.

진로를 찾아서

진로眞露도매센터 빌딩을 몇 번 돌았다
불빛 환한 지하에서 두꺼비처럼 두리번거리며
예술의 전당 쪽 계단을 오른다
나는 잠시 머뭇거린다
진로眞路는 어느 쪽일까. 길눈이 어두워
진로進路를 찾지 못해 돌아 나온다. 오후 7시
저녁 어스름이 내 빈속에 꽉 들어찬다
저 불빛 저 그림자도 길게 누일 길 있던가
생각하는 사람처럼 깊어지는 가로등들,
모르는 곳에 제 속을 허문다
찻소리에 쓸려 나무들은 한쪽으로 기울고
닳을 대로 닳은 길은
사람의 산책을 허락하지 않는다
나는 예술의 전당 무궁꽃에 기대어
한 사람의 진로에 대해 생각해 보았다
먼 길은 멀어서 하루가 짧고
담벽 너머 보는 지붕들이 뾰족하다
아무도 아무것도 돌이킬 수 없어
길 같은 길 어디 있냐고 투덜대는 사람들이
자꾸만 길이 비좁다며 바람처럼 빠져나간다

모든 것은 항상 끝나는 곳에서 시작된다. 진로여
나는 너에게 줄 미래도 없는데
내 의지는 소의 눈처럼 꿈벅거린다
누가 나를 시험하러 세상을 문제로 내놓은 걸까
어딘가 길 잃은 사람 있을 듯
굽 낮은 구두는 아직 귀가하지 못하였다
여기서 진로眞路 너무 아득해 빌딩 숲 헤쳐 닿을 길 없고
이 길 한 켠에서 생각나는 것은 사람마다
가지 않은 길 하나씩 품고 있는 한 줌 기대와 속에 묻힌
한 그루 추억의 푸른 나무.
기대는 자주 우릴 설레게 한다
설레임 속에서 새벽이 뜬 눈으로 돌아온다.
비로소 진로란
우리들 생이 그렇듯
비뚤비뚤하거나 비틀비틀한 것이라고
중얼거린다.

여름 한때

비 갠 하늘에서 땡볕이 내려온다. 촘촘한 나뭇잎이 화들
짝 잠을 깬다. 공터가 물끄러미 길을 엿보는데, 두 살배기
아기가 뒤뚱뒤뚱 걸어간다.

생생한 생生! 우주가 저렇게 뭉클하다
고통만이 내 선생이 아니란 걸
깨닫는다. 몸 한쪽이 조금 기우뚱한다

바람이 간혹 숲 속에서 달려나온다, 놀란 새들이 공처럼
튀어오르고, 가파른
언덕이 헐떡거린다,
웬 기氣가— 저렇게 기막히다

발밑에 밟히는 시름꽃들, 삶이란
원래 기막힌 것이라고 중얼거린다

나는 다시
숨을 쉬며 부푼다, 살아 붐빈다

한계

한밤중에 혼자
깨어 있으면
세상의
온도가 내려간다.

간간이
늑골 사이로
추위가 몰려온다.

등산도 하지 않고
땀 한 번 안 흘리고
내 속에서 마주치는
한계령 바람소리.

다 불어 버려
갈 곳이 없다.
머물지도 떠나지도 못한다.

언 몸 그대로
눈보라 속에 놓인다.

동해행行

그는 지금 동해로 간다.
차창 밖에서 누가 손을 밀어 넣는다
그까짓 세상 같은 거 절망 같은 거
확 잡아채 강둑에 던진다
강물이 퍼렇게 눈을 뜨고 올려다본다
못난 몸 어디가 조금 젖는 것 같다
노을이 붉어지고
잔정에 붙들린 마음이 붉어져
낄룩낄룩 낄룩새처럼
춘천강을 건너간다.
경춘선은 왜 휘어지다 말다 이어지는가
차는 속이 거북한 듯 몇 번 쿨럭거린다
건성으로 질주하는 직행버스
일사천리 질주만이 전부라는 듯
고속으로 달린다.
지름길도 회전길도 후진시킨다
그는 비로소 어깨에 힘을 내린다
지정석에 앉아
이렇게 달리는 게 직진하는 생이냐, 그는
이정표 쪽을 물끄러미 본다

아득한 삶의 절벽, 비탈길 오르다
뒤축 닳은 세월 갈아끼지 못했다
불시에 마주친 검문소 몇 개
잘못이 없는데도 바퀴는 자주 덜컹거린다
무제한으로 넘어서는 속도계
한계령에 와서야 겨우 속도를 늦춘다
저 고개를 넘어야, 결국 나를 넘어서야……
지금 그는 동해로 간다.

그때마다 나는 얼굴을 붉히고

가을 하늘에 새 두 마리 아름답구나
내가 쓴 시보다 아름답고 완벽하구나
나는 작은 것 속에 세계가 들어 있다고 쓰지 못했다
그 속에 뭉클한 비밀 있음을 못 보았다
흔들리는 것들, 전에는 나무였던 것 물이었던 것 몰래
바람소리
물소리 풀잎 소리 서걱거리며 따라온 길섶에도
생생한 생의 기미가 있음을 못 보았다
나는 오직 꽃들이 무사한지 애착했을 뿐이다
꽃 속에 세상을 넣고 다닌 적이 있다
꽃의 의미, 꽃말들, 꽃씨들은 또 얼마나 둥글고 작았던가
작은 것이 아름다워 새들은
세상에 둥근 씨를 옮기고
나무는 새의 둥지를 낮춘다
그때마다 나는 얼굴을 붉히고
태아처럼 동그랗게 웅크렸던 것이다

4

그믐달

달이 팽나무에 걸렸다

어머니 가슴에
내가 걸렸다

내 그리운 산山번지
따오기 날아가고

세상의 모든 딸들 못 본 척
어머니 검게 탄 속으로 흘러갔다

달아 달아
가슴 닳아
만월의 채 반도 못 산
달무리진 어머니.

터미널 간다

잠수교 건너다
강물이 일으킨 파문을 본다
무작정 떠 있는
청둥오리 떼
파문 일으키며
압구정 정자 쪽으로 몰려간다
가관이라니!
생각에 잠긴 사이
잠원동 뽕나무숲 초입까지 왔다
포장마차 있던 자리, 남폿불 꺼지고
대림大林아파트 밀림 속을
전동차가 지나간다
원주민들 맘같이
캄캄해지는 저녁
지하 속까지 불빛이 환해
불나비 떼 몰려와
길가에 즐비하네
불빛만 보고도 발을 멈추면
집어등 환한
반포 포구, 근처까지 갔다가

노 젓고 저어 터미널 간다
동해 버스표 한 장
빨리 줘요.

그 사람의 손을 보면

구두 닦는 사람을 보면
그 사람의 손을 보면
구두 끝을 보면
검은 것에서도 빛이 난다.
흰 것만이 빛나는 것은 아니다

창문 닦는 사람을 보면
그 사람의 손을 보면
창문 끝을 보면
비누거품 속에서도 빛이 난다.
맑은 것만이 빛나는 것은 아니다.

청소하는 사람을 보면
그 사람의 손을 보면
길 끝을 보면
쓰레기 속에서도 빛이 난다.
깨끗한 것만이 빛나는 것은 아니다.

마음 닦는 사람을 보면
그 사람의 손을 보면

마음 끝을 보면
보이지 않는 것에서도 빛이 난다.
보이는 빛만이 빛은 아니다.
닦는 것은 빛을 내는 일

성자가 된 청소부는
청소를 하면서도 성자이며
성자이면서도 청소를 한다.

풀 베는 날

풀 베다 본다
풀여치 눈이 검다
대낮에도 캄캄한 숲 탓이다
바람이 그걸 당겨 산길까지 간다

우두커니 나는 풀밭에 서 있어 그때마다 발끝이 들려

마음이 풀 포기 몇, 말아 올린다. 날 살게 하는 건 썩어
거름된 풀잎들. 싹 내민 무명초들, 풀도 잘못 잡으면 손을
벤다고? 세상에는 베이는 일들이 너무 많다 멍멍해진 눈에
눈물이 차오른다 들판 한쪽을 오래 당겨본다. 실개천 하나
달려 나오고 물떼새 왁자지껄 날아오른다 오르고 또 올라도
하늘 밑이다

우두커니 나는 풀밭에 서 있어 그때마다 발끝이 들려

풀 베다 본다
한 뿌리 모두 여러 갈래다
같은 땅인데 길조차 여러 갈래
풀섶이 내 속에 들어앉는다

풀씨만 한 한 생이 꿈틀거린다
풀아 날 잡아라
내가 널 당겨 일어서겠다

모래내 종점

늦가을 비 내려 하루가 짧게 저문다.
너무 춥네, 하듯이 가로수들이 헐벗었다
모래내 버스종점. 막차가 막 돌아온다
밤하늘이 어둡고 깊다 바람이 출렁,
뼛속까지 들어온다 마른 가지 끝이 흔들린다
그에게 세상은 가지 끝 오르기다 미끄러지기다
세상은 너무 미끄럽다니까
냉기도 뒤집으면 훈기가 된다고?
역 앞마당이 썰렁하다 늙은 취객 하나
거위처럼 뒤뚱거리며 사라진다 '뻐꾸기 둥지 위로
날아간 새' 뭐, 새라고? 영화?
좋아하시네 하면서
흐린 불빛에도 으스러지는 건
지난 시간의 반짝이는 모래들, 모래톱들
누가 손을 넣어 그의 가슴을 뜯어내려는 건가
세상에는 물보다 더 맑은 눈물이 있다는 걸
수색水色은 전혀 눈치채지 못한다
제 모래 속을 제가 들추어보려는 듯
거기, 모래톱을 안고 사는 모래천변 사람들
지상의 그물 속에 그 물속에 걸리는 것은 모래뿐이지

물같이 흐르고 싶은 밤 모래 위에 앉아
밤새도록 꾸벅거리는 모래내를, 그렁거리는 소리를
듣는다 버스종점 그 끝에서 서서

흐린 날

생각이 먼저 기슭에 닿는다. 강 한쪽이 어깰 들어 올린다 하단下端이 저 아랜가 문득 갈대숲에서 물떼새들이 달려 나온다 여름이 가는군 나보다 먼저 바다로 든 길이 중얼거린다 언제 내가 길 하나 가졌던가 물줄기를 한참 당기면 마음에 들어와 걸리는 수평선 세상이 평등하기를 저것이 말해준다 이런 날은 물가에 오래 앉을 수 있겠다 물에도 길이 있다고 하였으나 물방개, 소금쟁이, 물잠자리들 물이 좋아 물먹고 산다는 것일까 나는 꿈속에서도 어안이벙벙한 물고기들을 보았다 물의 세계란 그런 것일까 물까지도 한 잔의 물 속에선 흐르지 않는다 나는 또 자주쓴풀 몇 포기 뽑아 잘근잘근 씹는다 산다는 건 자주 쓴맛을 보는 것이라던 선배의 말이 오늘은 옳았다.

뒷산

앞산은 이따 보기로 하고 뒷산에 먼저 올랐습니다 옆구리에 폭포를 끼고 선 산기슭 너머 마음이 먼저 덩굴처럼 팔을 뻗었습니다 닿을 수 없는 것에 닿고 싶어하는…… 나는 오솔길 하날 당겨 다른 세계를 적었습니다 저 고요의 눈부심, 저 무심함…… 느끼는 숨, 그저 숨을 느끼는 것 중요한 것은 숨을 느끼는 것이었습니다 세상은 나 없이도 가득 차 있고 흐르는 물은 몇 개 웅덩이를 키우면서 내려갔습니다 아름다운 꽃이 언제 말하며 피겠습니까 다른 사람 나만큼 사랑할 때 나도 그랬을 것입니다 그러나 옛 자리는 그리워해 보는 것이지 가보는 것이 아니었습니다 옛 우물 옛 거울 없어진…… 물음표의 모든 것은 바꾸고 싶지 않아도 바뀌는 것입니다 꽉 찬 나무 사이로 휑하니 길 하나 뚫려 있습니다 숲의 속은 어둡고 그리고 퍼렇습니다 그림자는 견딜 수 없는 어떤 것도 가려주질 않습니다 나는 한 번도 나 아닌 적 없어 숲을 벗어나도 벗지 못하는 나무의 생입니다 이제 다시는 아무 곳에나 내 이름을 적지 않을 것입니다 어둔 그늘에서도 풀꽃들이 모두 환합니다 어느 집의 등불이 저처럼 폭발하지 않는 아름다움이겠습니까 그렇지 않겠습니까 지금은 나뭇가지들이 바람을 놓아주고 있습니다 오래 버티고 있는 길이 내가 머물렀던 것만큼 기다리는 뒷산일 것입니다.

눈

바람소리 더 잘 들으려고 눈을 감는다
어둠 속을 더 잘 보려고 눈을 감는다

눈은 얼마나 많이 보아버렸는가

사는 것에 대해 말하려다 눈을 감는다
사람인 것에 대하여 말하려다 눈을 감는다

눈은 얼마나 많이 잘못 보아버렸는가

추월산

바람이 먼저 능선을 넘었습니다. 능선 아래 계곡 깊고 바위들은 오래 묵묵합니다 속 깊은 저것이 모성일까요 온갖 잡새들, 잡풀들, 피라미 떼들 몰려 있습니다. 어린 꽃들 함께 깔깔거리고 버들치들 여울 타고 찰랑댑니다. 회화나무 그늘에 잠시 머뭅니다 누구나 머물다 떠나갑니다 사람들은 자꾸 올라가고 물소리는 자꾸 내려갑니다 내려가는 것이 저렇게 태연합니다 무등無等한 것이 저것밖에 더 있겠습니까 누가 세울 수 있을까요 저 무량수궁 오늘은 물소리가 더 절창입니다. 응달쪽에서 자란 나무들이 큰 재목 된다고, 우선 한 소절 불러젖힙니다. 자연처럼 자연스런 세상에서 살고 싶습니다 나는 저물기 전에 해탈교를 건너야 합니다 그걸 건넌다고 해탈할까요 바람새 날아가다 길을 바꿉니다 도리천 가는 길 너무 멀고 하늘은 넓으나 공터가 아닙니다 무심코 하늘 한번 올려다봅니다. 마음이 또 구름을 잡았다 놓습니다 산이 험한 듯 내가 가파릅니다. 이속離俗고개 다 넘고서야 겨우 추월산에 듭니다.

배밭을 지나다

나무들 옷은 나뭇잎이야? 꽃들은 나무의 눈망울이야?
다 늦은 봄 한때 언덕길 오르며 아이가 묻는다
산비탈 아래 배꽃이 환하다
하늘 한쪽에서 햇살이 내려오고
아이는 자꾸 까르르 웃는다
여자는 배나무에 대해 생각한다
저 나무는 꽃을 피울 수 있어서 좋겠다
그러나 세상의 매혹은 짧고 환멸은 길다
아이는 또 뭐라뭐라 하고
나무는 온몸으로 꽃이 된다
저게 나무의 마음이야
그 여자 언제 열릴지 모를
배밭을 지나며 중얼거린다
꽃이 져도 배나무는
배의 나무인 것이야

5

마음의 달

가시나무 울타리에 달빛 한 채 걸려 있습니다
마음이 또 생각 끝에 저뭅니다
망초忘草 꽃까지 다 피어나
들판 한쪽이 기울 것 같은 보름밤입니다
달빛이 너무 환해서
나는 그만 어둠을 내려놓았습니다
둥글게 살지 못한 사람들이
달 보고 자꾸 절을 합니다
바라보는 것이 바라는 만큼이나 간절합니다
무엇엔가 찔려본 사람들은 알 것입니다
달도 때로 빛이 꺾인다는 것을
한 달도 반 꺾이면 보름이듯이
꺾어지는 것은 무릎이 아니라 마음입니다
마음을 들고 달빛 아래 섰습니다
들숨 속으로 들어온 달이
마음속에 떴습니다
달빛이 가시나무 울타리를 넘어설 무렵
마음은 벌써 보름달입니다

물결무늬고둥

잔물결 속에 고둥이 굴러다닌다
들어보니
속이 텅 비었다
그 속에 집게가 들어가 살고 있다
껍질뿐인 고둥을 굴리고 있다
그걸 오래 들여다본다

문득 이게 나라는 생각

나는 살아서도 구른다
구르면서도 산다

구를 때마다
몸속의 어둠이 터져 나온다
그때마다
텅 빈 몸이 텅텅거린다
잔물결이
껍질뿐인 고둥을 굴리듯이
오랫동안

뒤편

성당의 종소리 끝없이 울려퍼진다
저 소리 뒤편에는
무수한 기도문이 박혀 있을 것이다

백화점 마네킹 앞모습이 화려하다
저 모습 뒤편에는
무수한 시침이 꽂혀 있을 것이다

뒤편이 없다면 생의 곡선도 없을 것이다

시인은 시적으로 지상에 산다

원고료도 주지 않는 잡지에 시를 주면서
정신이 밥 먹여 주는 세상을 꿈꾸면서
아직도 빛나는 건 별과 시뿐이라고 생각하면서
제 숟가락으로 제 생을 파먹으면서
발 빠른 세상에서 게으름과 느림을 찬양하면서
냉정한 시에게 순정을 바치면서 운명을 걸면서
아무나 말할 수 없는 것들을 말하면서
새소리를 듣다가도 '오늘 아침 나는 책을 읽었다'*고
책상을 치면서
시인은 시적으로 지상에 산다

시적인 삶에 대해 쓰고 있는 동안
어느 시인처럼 나도 무지하게 땀이 났다

*) 연암 박지원의 글 「답경지答京之」에서.

산에 대한 생각

바람이 분다 숲에서 어린 새들이 달려 나온다 길 잃을라 넘어질라 산은 가슴이 조마조마 발끝이 들리고 눈은 먼 데를 본다 산을 보고 있으면 자식 걱정이 태산 같던 부모 생각이 난다 새들은 자라 산을 떠날 테지만 새끼를 품은 산은 숲을 키우고 오솔길 만든다 숲을 산의 상징이라 말한 사람이 누구였나 새끼를 어미의 은유라 말한 이는 또 누구였나 세상의 모든 산들 새끼들 불멸의 명작들일까요 왜 산들은 볼 때마다 무진장 감동을 주며 왜 새끼들은 품을 때마다 가슴 저리는지 나는 지금 서툰 문장으로 감상문을 쓸 수가 없다 바람이 내 머리를 띠잉, 치고 간다 번쩍 제정신이 든다 숲이 뭉크의 「절규」처럼 어두워진다 나도 절규할 수 있는 사람이다 산 너머 송전탑이 웅웅거린다 밤이 깊다

마들은 없다

마들 상가 뒤쪽으로 몇 바퀴 돌았다
빌딩 숲에서 길 잃은 말처럼 돌아 나오며
나는 잠시 두리번거린다
들판은 어느 쪽일까 방향을 몰라
주택공사 앞 계단 아래, 말뚝처럼 서서
말 울음소리 들리는 듯 귀를 세운다 비 오는 저물녘
헐한 저녁이 내 허공을 꽉 채운다
저 빗소리 저 어둠도 오래 내릴 들판이 있던가
고위층처럼 뽐내는 고층 빌딩들
공중에다 몰래 제 속을 허문다
차들에 밀려 마들은 한쪽으로 기울고
말발굽 소리 언제 내 가슴 들이받고 사라져버렸다
나는 말이 뛰놀던 들에 대해 생각해 보았다
지나간 것은 지나가 버려 아득하고
들판 너머 마을이 멀다
옛 들판 옛 바람 돌이킬 수 없어
말보다 들이 무섭다며 사람들이 마들을 빠져나간다
있다가도 없는 게 生이다, 마들이여
나는 너에게 줄 야마野馬*도 없는데
내 생각은 말의 안장처럼 세월 위에 얹힌다

누가 나에게 사는 일 깨닫게 하려고 나쁜 일도 주는 걸까
어딘가 들판 그리운 사람 있을 듯
헐렁한 내 신발은 아직 집 밖에 있다
여기서 마들 찾을 길 없고 이 길 한쪽에서
생각나는 것은 우리의 생이 그렇듯
마들이 말의 들인 줄 모르고 모르므로
이제 마들은 없다

*) 아지랑이를 뜻함.

물가에서의 하루

하늘 한쪽이 수면에 비친다 물총새가 물속을 들여다보고
소금쟁이 몇 개 여울을 만든다 내가 세상에 와
첫눈을 뜰 때 나는 무엇을 보았을까 하늘보다는
나는 새를 물보다는 물 건너가는 바람을 보았기를 바란다
나는 또 논둑길 너머 잡목숲을 숲 아래 너른 들판을 보았기를
바란다 부산한 삶이 거기서 시작되면 삶에 대해 많은 것을
바라지 않기를 바랐을 것이다 산그늘이 물속까지 따라온
다 일렁이는
물결 속 청둥오리들 나보다도 더 오래 물 위를 헤맨다 너는
아는구나 세상에서 가장 좋은 것이 물이라는 걸 아는구나
오늘따라
새들의 날갯짓이 훤히 보인다 작은 잡새라도 하늘에다
커다란
원을 그리고 낮게 내려갔다 다시 솟아오른다 비상! 절망
할 때마다
우린 비상을 꿈꾸었지 날개가 있다면…… 날 수만 있다
면…… 날개는
언제나 나는 자의 것이다 뱃전에 기대어 날지 않는 거위를
생각한다 거위의 날개를 생각한다 물은 왜 고이면 썩고
거위는

왜 새이면서 날지 않는가 해가 지니 물소리도 깊어진다 살아 있는

것들의 모든 속삭임이 물이 되어 흐른다면…… 물소리여 너는 세상에 대해

무엇이라 대답할까 또 소리칠까 소리칠 수 있을까

구멍

많은 것을 잃고도 몸무게는 늘었다
언제부터 비명이 몸속으로 드셨나
근심을 밥처럼 먹고 병을 벗 삼아
자란 비명들
많은 것을 잊고도 몸무게는 늘었다
언제부터 비명이 맘속으로 드셨나
우물을 우물처럼 마시고 불안을 벗 삼아
자란 비명들

잃었거나 잊은 것보다
더 큰 생의 구멍이 있을까 탓하지 말자

머금다

거위눈별 물기 머금으니 비 오겠다
충동벌새 꿀 머금으니 꽃가루 옮기겠다
그늘나비 그늘 머금으니 어두워지겠다
구름비나무 비구름 머금으니 장마 지겠다
청미덩굴 서리 머금으니 붉은 열매 열겠다

사랑을 머금은 자
이 봄, 몸이 마르겠다

벌새가 사는 법

벌새는 1초에 90번이나
제 몸을 쳐서
공중에 부동자세로 서고
파도는 하루에 70만 번이나
제 몸을 쳐서 소리를 낸다

나는 하루에 몇 번이나
내 몸을 쳐서 시를 쓰나

천양희

1942년 1월 21일 부산 사상에서 사대四代가 함께 산 유학
집안의 7남매 중 막내로 태어났다.

1953년 사상초등학교 졸업. 4학년 때부터 동시를 썼다. 「연
필」「동생」「제비」를 읽고 난 담임 김한숙 선생님
이 "너는 시인이 될 거야"라는 말씀을 해주셨다. 그
말씀 한마디가 훗날 시인을 마중한 첫 마중물이 되
었다.

1956년 경남여자중학교를 졸업했다. 3년 동안 부산까지 기
차통학을 하면서 시인을 꿈꾸었다.

1959년 경남여자고등학교를 졸업했다. 기차통학을 하면서
기다리는데 익숙해진 시기였다. 하루에도 몇 편씩
시를 쓰면서 문예반에서 활동했던 꿈 많은 문학소
녀였으나 졸업 무렵 원인 모를 병으로 대학진학을
포기하며 생애 첫 좌절을 겪었다.

1961년 2년의 투병 끝에 완치되어 부산 광복동의 미화당학
원에서 대학입시 준비를 했다. 6개월 동안 각성제
까지 먹으면서 공부했다. 실패도 배움의 일부라는
걸 그때 처음 알았다.

1962년 첫 예비국가고시에 합격하고 이화여자대학교 국문
과에 입학했다.
기숙사 생활을 하며 교지 ≪녹원≫ ≪이화문학≫
<이대학보> 등에 열심히 시를 발표했다. 어느 평론
가가 좋은 평을 해준 적도 있다. 자신감을 준 첫 비
평이었다.

1963년 동인지를 만들자는 제의를 받았으나 거절했다. 그 때 좁은 생각으론 문학은 혼자 하는 것이라는 생각에서였다. 그 무렵 러시아 문학에 심취되어 특히 도스토예프스키를 좋아했다. 그의 작품에 깊이 빠지며 정신의 폭을 넓혔다.

1965년 박두진 선생님의 추천으로 ≪현대문학≫지에 「정원 한때」 「아침」 「화원」 등을 발표하며 등단했다. 3회 추천이 완료된 후에 학생 시인이 되었다. 대학 3학년 때 첫사랑을 만났다. 음악실 '르네상스' '뮤즈' '설파' 등에서 고전음악을 들으면서 연애하던 꽃피는 시절이었다.

1966년 이화여자대학교 국문학과 졸업. 연애 때문에 유학을 가라던 아버지의 말씀을 처음으로 거역했다.

1969년 첫사랑과 결혼하고 아들을 낳았으나 생활고로 나는 열망하던 문학마저 버릴 수밖에 없었다. 뒷바라지한 보람도 없이 모든 것을 잃고 결핵으로 각혈까지 할 정도로 참담한 시절이었다. 몇 년 동안 아이나, 나이드라지드를 먹으면서 투병했지만 32세에 혼자 몸이 되었다.

1983년 첫 시집 『신이 우리에게 묻는다면』(평민사) 출간. 등단한 지 18년 만에 시인으로 재출발, 50세 때였다.

1988년 두 번째 시집 『사람 그리운 도시』(나남) 출간.

1992년 세 번째 시집 『하루치의 희망』(청화) 출간.

1994년 네 번째 시집 『마음의 수수밭』(창비) 출간.

1996년 소월시문학상 수상.

1998년 다섯 번째 시집 『오래된 골목』(창비) 출간.
현대문학상 수상.

2004년 산문집 『직소포에 들다』(문학동네) 출간.

2005년 여섯 번째 시집 『너무 많은 입』(창비) 출간.
공초문학상, 대한민국문학상(문학부문) 수상.

2006년 산문집 『시의 숲을 거닐다』(샘터사) 출간.

2007년 박두진문학상 수상.

2011년 일곱 번째 시집 『나는 가끔 우두커니가 된다』(창
비) 출간.
만해문학상 수상.

〖한국대표명시선100〗을 펴내며

한국 현대시 100년의 금자탑은 장엄하다. 오랜 역사와 더불어 꽃피워온 얼·말·글의 새벽을 열었고 외세의 침략으로 역경과 수난 속에서도 모국어의 활화산은 더욱 불길을 뿜어 세계문학 속에 한국시의 참모습을 드러내게 되었다.

이 나라는 글의 나라였고 이 겨레는 시의 겨레였다. 글로 사직을 지키고 시로 살림하며 노래로 산과 물을 감싸왔다. 오늘 높아져 가는 겨레의 위상과 자존의 바탕에도 모국어의 위대한 용암이 들끓고 있음이다.

이제 우리는 이 땅의 시인들이 척박한 시대를 피땀으로 경작해온 풍성한 시의 수확을 먼 미래의 자손들에게까지 누리고 살 양식으로 공급하는 곳간을 여는 일에 나서야 할 때임을 깨닫고 서두르는 것이다.

일찍이 만해는 「님의 침묵」으로 빼앗긴 나라를 되찾고 잃어가는 민족정신을 일으켜 세우는 밑거름으로 삼았으며 그 기룸의 뜻은 높은 뫼로 솟아오르고 너른 바다로 뻗어나가고 있다.

만해가 시를 최초로 활자화한 것은 옥중시 「무궁화를 심고자」(《개벽》 27호 1922. 9)였다. 만해사상실천선양회는 그 아흔 돌을 맞아 만해의 시정신을 기리는 일의 하나로 '한국대표명시선100'을 펴내게 된 것이다.

이로써 시인들은 더욱 붓을 가다듬어 후세에 길이 남을 명편들을 낳는 일에 나서게 될 것이고, 이 겨레는 이 크나큰 모국어의 축복을 길이 가슴에 새겨나갈 것이다.

만해사상실천선양회

한국대표명시선100 | **천양희**

단추를 채우면서

1판1쇄 발행 2013년 7월 31일
1판2쇄 발행 2016년 12월 21일

지 은 이 천 양 희
뽑 은 이 만해사상실천선양회
펴 낸 이 이 창 섭
펴 낸 곳 **시인생각**
등 록 번 호 제2012-000007호(2012.7.6)
주   소 고양시 일산동구 호수로 688. A-419호
         ㉾10364
전   화 050-5552-2222
팩   스 (031)812-5121
이 메 일 lkb4000@hanmail.net

값 6,000원

ISBN 978-89-98047-97-9 03810

※ 이 책은 만해사상실천선양회의 지원으로 간행되었습니다.